方丈記

鴨 長明
1155－1216

箕輪邦雄木版

目　次

はじめに　　　　　いま、木版による方丈記とは　　　保坂和志　　1

方丈記　　　　　　本文〔一〕～〔三七〕　　　　　箕輪木版　　2

方丈記について　　　　　　　　　　　　　　　　　　　　　　50

あとがき　　　　　　　　　　　　　　　　　　　　箕輪邦雄　　51

いま、木版による方丈記とは　　　　　　ほさか　かずし

「今度は方丈記を彫っているんだ。」

　と箕輪氏から聞いたとき、

「そうか。そういうことだったのかぁ！」

　と、箕輪木版の文字の意味が私に明白になった。

　方丈記は日本の随筆文学の先駆けとされているが、心の変遷を凝視した宗教書つまり経典でもある。箕輪木版は仏教伝来以来の仏師の木彫りの継承であると同時に、心静かにして日々それに向き合う写経でもあったのだ。

　聞くところによると、箕輪氏は毎日八時間、多い日には十時間以上も彫りをするそうだ。

　そんな今の生活は隠遁生活そのものだけれど、昔からそうだったわけではなく、若い頃は美術品の買い付けに頻繁に海外にも行った。

　私が箕輪氏と会ったのは、その次のカルチャーセンターの仕事の時で、大先輩である箕輪氏は入社してまもない私を、

「ちょっと外に行かないか。」

　と誘って、喫茶店までの道を歩きながら、悩む私にさりげなくアドバイスをくれた。

　方丈記に、六十歳の鴨長明が十歳の童と戯れる話があるが、あの時の箕輪氏を思い出すと、私の中では自然に、箕輪氏が鴨長明と繋がってゆく。

　日本人に多くの思索を与えてきた方丈記は、いま木版による文字という、温かくて歴史の厚みを持つ形を得て、新しい息遣いを始めたのだと思う。

保坂 和志　小説家
1956 年生まれ　1995「この人の閾」で芥川賞。
1997「季節の記憶」平林たい子賞、谷崎潤一郎賞。
「未明の闘争」野間文芸賞。その他「もうひとつの季節」
「猫に時間の流れる」「猫がこなくなった」など。

（一）
ゆく河の流れは絶えずして、
しかも、もとの水にあらず。
よどみに浮ぶうたかたは、
かつ消え、かつ結びて、
久しくとどまりたる例なし。
世の中にある、人と栖と、
また、かくのごとく。

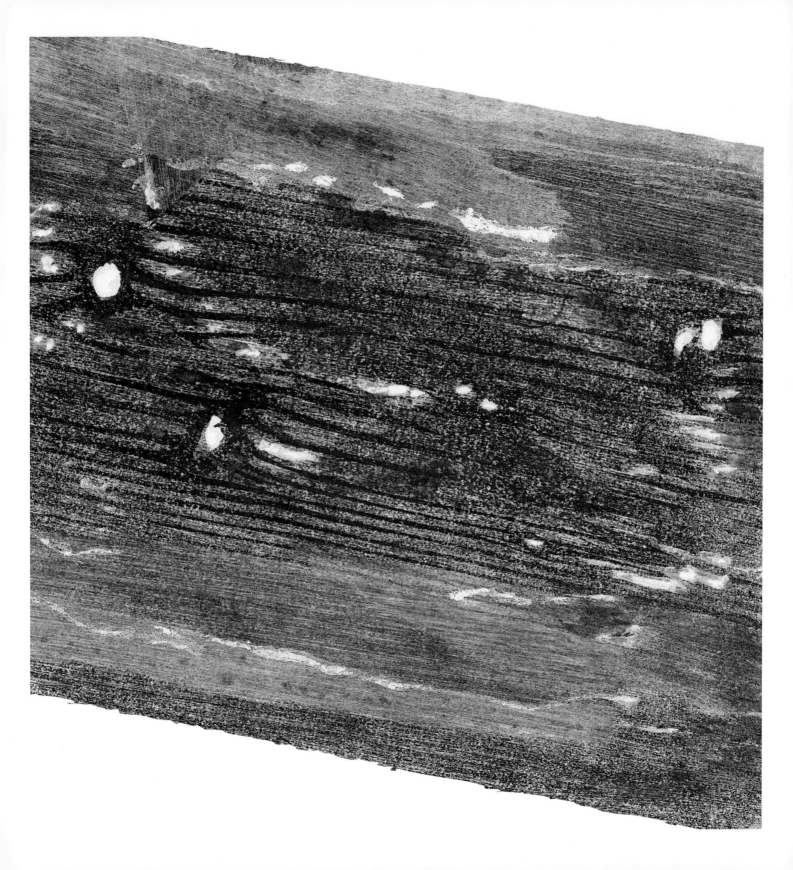

（二）玉敷の都のうちに、棟を並べ、甍を争へる、高き、賤しき人の住ひは、世々を経て、尽きせぬものなれど、これをまことかと尋ぬれば、昔ありし家は稀なり。或は去年焼けて、今年造れり。或は大家亡びて、小家となる。住む人もこれに同じ。所も変らず、人も多かれど、いにしへ見し人は、二三十人が中に、わづかに一人二人なり。朝に死に、夕に生るるならひ、ただ水の泡にぞ似たりける。

4

〔三〕知らず、生れ死ぬる人、何方より来た
りて、何方へか去る。また、知らず、仮の宿
り、誰が為にか心を悩まし、何によりて
か目を喜ばしむる。その主と栖と、無
常を争ふさま、いはば朝顔の露に異ら
ず。或は露落ちて、花残れり。残ると
いへども、朝日に枯れぬ。或は花しぼ
みて、露なほ消えず。消えずといへども、
夕を待つ事なし。

5

（四）予、ものの心を知れりしより、四十あまりの春秋をおくれる間に、世の不思議を見る事、ややたびたびになりぬ。

（五）去安元三年四月廿八日かとよ。風烈しく吹きて、静かならざりし夜、戌の時ばかり、都の東南より、火出できて、西北にいたる。はてには、朱雀門・大極殿・大学寮・民部省などまで移りて一夜のうちに、塵灰となりにき。

6

内 火元は、樋口富の小路とかや。

舞人を宿せる仮屋より出で来たりける

となん。吹き迷ふ風に、とかく移り行く

ほどに、扇をひろげたるがごとく末広にな

りぬ。遠き家は煙にむせび、近きあた

りはひたすら焔を地に吹きつけたり。

空には、灰を吹き立てたれば、火の光

に映じて、あまねく紅なる中に、風に

堪えず、吹き切られたる焔、飛ぶが

如くして一二町を越えつつ移りゆく。

7

或は煙にむせびて、倒れ伏く、或は
焔にまぐれて、たちまち死ぬ。或は身
ひとつからうじて逃ぐるを、資財を取り
出づるに及ばず。七珍万宝さながら
灰燼（くわいじん）となりにき。そのつびえ、いくそば
くぞ。そのたび、公卿（くぎやう）の家十六焼けた
り。まして、その外、数へ知るに及ばず。
すべて都のうち三分が一に及べりと
ぞ。男女死ぬるその数十人、馬牛の
たぐひ、辺際（へんざい）を知らず。

8

[内]人のいとなみ、皆愚なる中に、さしきあやふき京中の家をつくるとて、宝を費し、心を悩ます事は、すぐれてあぢきなくぞ侍る。

[凶]また、治承四年卯月のころ、中御門京極αほどより、大きなる辻風おこりて、六条わたりまで吹ける事侍りき。

（内）三四町を吹きまくる間に籠れる家ども、大きなるも小さきと、ひとつとして破れざるはなし。さながら平に倒れたるもあり、桁・柱ばかり残れるもあり。門を吹きはなちて、四五町がほかに置き、また、垣を吹きはらびて、隣とひとつになせり。いはんや、家のうちの資材、数をつくして空にあり、檜皮・葺板のたぐひ、冬の木の葉の風に乱るるが如く。

塵を煙の如く吹き立てたれば、すべて目も見えず、おびたたしく鳴りとよむほどに、その言ふ声も聞えず。かの地獄の業（ごふ）の風なりとも、おばかりにこそはとぞおぼゆる。家の損亡せるのみにあらず、これを取り繕ふ間に、身をそこなひ、かたはづける人、数も知らず。この風、未の方（ひつじ）に移りゆきて、多くの人の歎きをなせり。

11

【ロ】辻風はつねに吹くものなれど、かかる事やある。ただ事にあらず。さるべきもののさとしかなどぞ、疑ひ侍りし。

【ハ】また、治承四年水無月のころ、にはかに都遷り侍りき。いと思ひの外なりし事なり。おほかた、この京のはじめを聞ける事は、嵯峨の天皇の御時、都と定まりにけるより後、すでに四百余歳を経たり。ことなるゆゑなくて、たやすく改まるべくもあらねば、これを、世の人安からず憂へあへる、まことに実にことわりにもすぎたり。

12

（六）されど、とかく言ふかひなくて、帝より始め奉りて、大臣・公卿みな悉く移ろひ給ひぬ。世に仕ふるほどの人、たれか一人ふるさとに残りをらん。官・位に思ひをかけ、主君のかげを頼むほどの人は、一日なりとをとく移らはんとはげみ、時を失ひ、世に余されて、期する所なきものは、愁へながら止まりをり。

13

軒を争ひし人のすまひ、日を経つつ荒
れゆく。家はこぼたれて淀河に浮び、
地は目の前に畠となる。人の心みな
改まりて、ただ馬・鞍をのみ重くす。
牛・車を用とする人なし。西南海の領所
を願ひて、東北庄園をとのます。

㊂その時、おのづから事の便りありて、津の国の今の京にいたれり。所の有様を見るに、その地、ほど狭くて、条里を割るに足らず。北は山に浴びて高く、南は海近くて下れり。波の音つねにやまびすくく、潮風ことにはげし。内裏は山の中なれば、かの木の丸殿をおくやと、なかなか様かはりて、優なるかたを侍り。日日にとぼち、川を狭に運び下す家、いづくに造れるにかあるらん。

15

なほ空くき地は多く、造れる屋は
少く。古京はすでに荒れて、新都
はいまだ成らず。ありとくある人は
みな浮雲の思ひをなせり。もと
よりこの所にをるその[は、]地を失ひ
て愁ふ。今移れる人は、土木のわ
づらびある事を嘆く。道のほとりを
見れば、車に乗るべきは馬に乗り、
衣冠・布衣なるべきは多く直垂を着
たり。都の手ぶりたちまちに改まりて、
ただ鄙びたる武士にことならず。

世の乱るる瑞相とぞ書きけるとくるく、日を経つつ世の中浮き立ちて、人の心もをさまらず、民の愁へつひに空しからざりければ、同じき年の冬、なほこの京に帰り給びにき。されど、とぼちわたせりし家どもは、いかになりにけるにか、ことごとくもとの様にしも造らず。

〔十四〕伝へ聞く、いにしへの賢き御世には、あはれみをもちて、国を治め給ふ。すなはち、殿に茅をふきても、軒をだにととのへず。煙のともしきを見給ふ時は、限りある貢物をさへゆるされき。これ、民を恵み、世を助け給ふによりてなり。今の世の有様、昔になぞらへて知りぬべし。

[四] また、養和のころとか、久しくなりて、たしかにも覚えず。二年があひだ、世の中飢渇してあさましき事侍りき。或は春・夏ひでり、或は秋・冬大風・洪水など、よからぬ事どもうち続きて五穀ことごとくならず。むなしく春かへし夏植うるいとなみのみありて、秋刈り冬収むるぞめきはなし。

【内】これによりて、国国の民、或は地を捨てて境を出で、或は家を忘れて山に住む。さまざまの御祈少はじまりて、なべてならぬ法どを行はるれど、さらにそのしるくなし。京のならひ、何わざにつけても、源は田舎をこそ頼めるに、たえて上るものなければ、さのみやは操をつくりあへん。念じわびつつ、さまざまの財物、れたはしより捨つるがごとくすれども、さらに目見立つる人なし。たまたま換ふるものは、金を軽くし、粟を重くす。乞食路のほとりに多く、愁へ悲しむ声耳に満てり。

20

〔圭〕前の年、かくのごとく、からうじて暮れぬ。明くる年は立ち直るべきかと思ふほどに、あまりさへ疫癘（えきれい）うちそひて、まさざまに、跡かたなし。世の人みなけいくぬれば、日を経つつ、きはまりゆくさま、少水の魚のたとへにかなへり。はてには、笠うち着、足ひき包み、よろしき姿したるその、ひたすらに、家ごとに乞ひ歩く。かくわびしれたるそのどもの、歩くかと見れば、すなはち倒れ伏しぬ。築地（ついぢ）のつら、道のほとりに、飢ゑ死ぬるそのたぐひ、数を知らず。取り捨つるわざを知らねば、くさき香世界に満ち満ちて、変りゆくかたち有様、

21

目もあてられぬ事多かり。いはんや、河原などには馬車の行き交う道だになく。あやしき賤山がつも力尽きて、薪さへそしくなりゆけば、頼む方なき人は、みづから家をとぼちて、市に出でて売る。一人が持ちて出でたる価一日が命にだに及ばずとぞ。あやしき事は、薪の中に赤き丹着き、箔など所所に見ゆる木、あひまくはれけるを、尋ぬれば、すべき方なきもの、古寺にいたりて、仏を盗み、堂の物の具を破り取りて、割りくだけるなりけり。濁悪世にしも生れあひて、かかる心うきわざをなん見侍りく。

22

［ハ］また、いとあはれなる事を侍りき。さりが
たき妻、をとこ持ちたるものは、その思ひま
さりて深きもの、必ず先立ちて死ぬ。その
故は、わが身は次にして、人をいたはしく思ふ
あひだに、まれまれ得たる食ひ物をも、か
れに譲るによりてなり。されば、親子あるも
のは、定まれる事にて、親ぞ先立ちける。
また、母の命尽きたるを知らずして、いとけ
なき子の、なほ乳を吸ひつつ、臥せるな
どもありけり。

23

【内】仁和寺に隆暁法印といふ人、かくしつつ、数も知らず死ぬる事を悲しみて、その首の見ゆるごとに、額に阿字を書きて、縁を結ばしむるわざをなんせられける。人数を知らんとて、四五両月を数へたりければ、京のうち、一条よりは南、九条よりは北、京極よりは西、朱雀よりは東の路のほとりなる頭、すべて、四万二千三百余りなんありける。いはんや、その前後に死ぬるもの多く、また、河原・白河・西の京、そらそらの辺地などを加へて言はば、際限もあるべからず。いかにいはんや、七道諸国をや。

24

【問】崇徳院の御位の時、長承のころとか、ためし例ありけりと聞けど、その世の有様は知らず、眼のあたり、めづらかなりし事なり。

【問】また、同じころかとよ。おびたたしく大地（おほなゐ）の震（ふる）ふる事侍りき。そのさま、よのつねならず。山はくづれて、河は埋み、海は傾きて、陸地（くがち）をひたせり。土裂けて、水涌き出で、巌割れて谷にまろび入る。なぎさ漕ぐ船は波にただよひ、道行く馬は足の立ちどをまどはす。都のほとりには、在在所所堂舎塔廟（たう）一つとして全（また）からず。或はくづれ、或はたふれぬ。

塵灰立ちのぼりて、盛りなる煙のごとし。地の動き、家のやぶるる音、雷にことならず。家の内にをれば、たちまちにひしげなんとす。走り出づれば、地割れ裂く。羽なければ空をも飛ぶべからず。竜ならばや雲にと乗らん。恐れの中に恐るべかりけるは、ただ地震なりけりとぞ覚え侍りしか。

たゞその中に、ある武者のひとり子の、六つ
七つばかりに侍りくが、築地のおほひの下に、
小家をつくりて、はかなげなる跡なく事をく
て遊び侍りくが、俄れにくづれ、うめられて、
跡かたなく、平にうちひさがれて、二つの目
など一寸ばかりづつうち出だされたるを、父
母かゝへて、声を惜しまず悲しみあひて侍り
しぞ、あはれに、れなくく見侍りく。子のか
なくみには、たけきものゝ恥を忘れけりと覚
えて、いとほしく、ことわりかなとぞ見侍りく。

[1] ～くおびたたしく震る事は、しばしにて止みにしかども、そのなごり、しばしは絶えず。よのつね、驚くほどの地震、二三十度震らぬ日はなし。十日・廿日すぎにしかば、やうやう間遠になりて、或は四五度・二三度、もしくは一日まぜ、二三日に一度など、おほかた、そのなごり三月ばかりや侍りけん。

〔問〕 四大種の中に、水・火・風はつねに害をなせど、大地にいたりては、ことなる変をなさず。

昔、斉衡のころとか、大地震ふりて、東大寺の仏の御首落ちなど、いみじき事ども侍りけれど、なほ、この度にはしかずとぞ。すなはち、人みなあぢきなき事をのべて、いささか心の濁りもうすらぐと見えしかど、月日かさなり、年経にし後は、ことばにかけて言ひ出づる人だになし。

〔問〕すべて、世の中のあり少にくく、わが身と栖との、はかなく、あだなるさま、またかくのごとく。いはんや、所により、身のほどにしたがひつつ、心をなやます事は、あげてかぞふべからず。

[問] もし、おのれが身、数ならずして、権門のか
たはらにをるものは、深くよろこぶ事あれども、
大きに楽しむにあたはず。なげき切なる時
も、声をあげて泣く事なし。進退安からず、立
ち居につけて恐れをののくさま、たとへば、雀
の鷹の巣に近づけるがごとし。もし、貧しくて、
富める家の隣りにをるものは、朝夕、すぼき
姿を恥ぢて、へつらひつつ出で入る。妻子・童
僕のうらやめる様を見るにも、福家の人のな
ふけ
いがしろなる気色を聞くにも、心念念に動き
て、時として安からず。もし、狭き地にをれば、
近く炎上ある時、その災をのがるる事なし。

30

とく、辺地にあれば、往反（わうはん）わづらひ多く、盗賊の難はなはだく。また、へきほひあるものは貪欲（とんよく）ふかく、独身なるものは、人にあなどらる。財あれば、おそれ多く、貧くければ、うらみ切（せち）なり。人を頼めば身、他の有（ゆう）なり。人をはぐくめば心、恩愛につかはる。世にしたがへば、身、くるし。したがはねば、狂せるに似たり。いづれの所を占めて、いかなる業をしてか、しばくもこの身を宿し、たまゆらも心を休むべき。

【閑】 わが身、父方の祖母の家を伝へて、久しくその所に住む。その後、縁かけて、身衰へ、しのぶかたがたしげかりくれど、つひに、あととむる事を得ず。三十余りにして、さらに、わが心と、一つの庵を結ぶ。これをありしすまひにならぶるに、十分が一なり。ただ、居屋ばかりをかまへて、はかばかしく屋を造るに及ばず。わづかに、築地を築けりといへども、門を建つるたづきなし。竹を柱として、車を宿せり。雪降り、風吹くごとに、危ふからずしもあらず。所、河原近ければ、水の難も深く、白波のおそれもさわがし。

[内] すべて、おられぬ世を念じ過ぐつつ、心を悩ませる事、三十余年なり。その間、をりをりのたがひぬに、おのづから、短き運をさとりぬ。すなはち、五十の春を迎へて、家を出で世を背けり。もとより妻子なければ、捨てがたきよすがもなく、身に官禄あらず。何に付けても、執を留めん。むなしく大原山の雲に臥して、また、五かへりの春秋をなん経にける。

33

[ニ] つひに、六十の露消えがたに及びて、さらに、末葉の宿りを結べる事あり。いはば、旅人の一夜の宿を造り、老いたる蚕の繭を営むがごとく。これを、中ごろの栖に並ぶれば、また、百分が一に及ばず。とかく言ふほどに、齢は歳歳にたかく、栖はをりをりに狭し。その家の有様、よのつねにも似ず。広さはわづかに方丈、高さは七尺がうちなり。所を思ひ定めざるがゆゑに、地を占めて、造らず。

土居を組み、うちおほひを葺きて、継目ごとに、わけ木ねを掛けたり。もし、心にかなはぬ事あらば、やすく他へ移さんがためなり。その、改め造る事、いくばくの煩ひかある。積むところ、わづかに二輌、車の力を報ふ外には、さらに、他の用途いらず。

いま、日野山の奥に、跡をかくして後、東に三尺余りの庇をさして、柴折りくぶるよすがとす。南に竹の簀子（すのこ）を敷き、その西に閼伽棚（あかだな）をつくり、北によせて、障子をへだてて、阿弥陀の絵像を安置く、そばに普賢をかけ、前に法花経をおけり。東のきはに蕨（わらび）のほどろを敷きて、夜の床とす。西南に竹の吊棚を構へて、黒き皮籠（かわごかけ）三合を置けり。すなはち、和歌・管絃・往生要集ごときの抄物（せうもの）を入れたり。かたはらに琴・琵琶おのおの一張を立つ。いはゆる折琴（をりごと）・つぎ琵琶これなり。かりの庵の有様、かくのごとし。

【訶】その所のさまをいはば、南に懸樋あり。岩を立てて水を溜めたり。林軒近かければ、爪木を拾ふに乏しからず。名を外山といふ。まさきのかづら、跡を埋めり。谷くけれど、西晴れたり。観念のたより、無きにしもあらず。春は、藤波を見る。紫雲のごとくくて、西方に匂ふ。夏は郭公を聞く。語らふごとに、死出の山路を契る。秋は、ひぐらしの声、耳に満てり。うつせみの世を悲しむかと聞こゆ。冬は、雪をあはれぶ。積り消ゆるさま、罪障にたとへつべし。もし、念仏ものうく、読経まめならぬ時は、みづから休み、みづから怠る。

さまたぐる人ともなく、また、恥らべき人ともなく。ことさらに、無言をせざれども、独り居れば、白業を修めつべく。必ず禁戒を守るともきなくとも、境界なければ何につけてか破らん。もし、跡の白波に、この身を寄する朝には、岡の屋にゆきかふ船を眺めて、満沙弥が風情を盗み、もし、桂の風、葉を鳴らす夕には、潯陽の江を思ひやりて、源都督の行ひを習ふ。もし、余興あれば、くばくは松の韻に秋風楽をたぐへ、水の音に流泉の曲をあやつる。芸はこれ拙なけれども、人の耳を喜ばくめんとにはあらず。独り調べ独り詠じて、みづから情を養ふばかりなり。

【問】また、ふもとに一つの柴の庵あり。すなはちこの山守が居る所なり。かくに、小童あり。時時来りて、あひ訪ふ。もし、つれづれなる時は、これを友として、遊行<ruby>ゆきやく</ruby>す。かれは十歳、これは六十。その齢、ことのほかなれど、心を慰むる事これ同じ。或は茅花<ruby>つばな</ruby>を抜き、岩梨をとり、零余子<ruby>ぬかご</ruby>をもり、芹をつむ。或はすそわの田居にいたりて、落穂を拾ひて穂組をつくる。もし、日うららかなれば、峰によぢのぼりて、はるかに故郷の空を望み、木幡山・伏見の里・鳥羽・羽束師を見る。勝地は主なければ、心を慰むるに障りなく、歩み煩ひなく、心遠く至る時は、これより峰つづき、炭山を

越え、笠取を過ぎて、或は石間に詣で、或は石山を拝む。若くはまた、粟津の原を分けつつ、蝉歌の翁が跡を訪ひ、田上河を渡りて、猿丸大夫が墓を尋ぬ。帰るさには、をりにつけつつ、桜を狩り、紅葉をもとめ、蕨を折り、木の実を拾ひて、かつは仏に奉り、かつは家土産とす。もし、夜しづかなれば、窓の月に故人をしのび、猿の声に袖をうるほす。草むらの蛍は遠く槙の島の篝火にまがひ、暁の雨はおのづから木の葉吹く嵐に似たり。山鳥のほろほろと鳴くを聞きても、父か母かと疑ひ、峰の鹿の近く馴れたるにつけても、世に遠ざかるほどを知る。

或はまた、埋み火をかきおこして、老の寝覚の友とす。恐しき山ならねば、梟（ふくろふ）の声をあはれむにつけても、山中の景気、折につけて尽くる事なく。さはんや、深く思ひ、深く知らん人の為には、これにても限るべからず。

[三]　おほかた、この所に住みはじめし時は、あからさまと思ひしかども、今すでに、五年を経たり。仮の庵も、やや故郷となりて、軒に朽葉深く、土居に苔むせり。おのづから事の便りに都を聞けば、この山に籠り居て後、やんごとなき人の隠れ給へるも、あまた聞こゆ。まして、その数ならぬ数尽くてこれを知るべからず。たびたびの炎上にほろびたる家、またいくそばくぞ。ただ、仮の庵のみのどけくて、おそれなく。ほど狭くといへども、夜臥す床あり、昼居る座あり。一身を宿すに不足なく。寄居は小さき貝を好む。これ、事知れるによりてなり。鶚は荒磯に居る。

42

すなはち、人を恐るるが故なり。われまた、かくのごとく。事を知り、世を知れば、願はず、走らず。ただ静かなるを望みとく、愁へ無きを楽しみとす。すべて、世の人の栖を造るならひ、必ずしも、事の為にせず。或は妻子・

けんぞく
眷属の為に造り、或は親昵・朋友の為に造る。

しんちつぼういう
或は主君・師匠および財宝牛馬の為にさへ、これを造る。われ今、身の為に結べり。人の為に造らず。故いかんとなれば、今の世の習ひ、この身の有様、とぞなふべき人をなく、頼むべき奴をなく。たとひ、広く造れりとも、誰を宿く、誰をかすゑん。

43

【三】 それ、人の友とあるものは、冨める（とめる）を尊み、懇（ねんごろ）なるを先とす。必ずしも、情あると、すなほなるときは愛せず。ただ、糸竹・花月を友とせんにはくかる。人の奴たるものは、賞罰はなはだしく、恩顧あつきを先とす。さらに、はぐくみあはれむと、安く静かなるときは願はず。ただ、わが身を奴婢（ぬび）とするにはくかず。いかが奴婢とするとならば、さく、なすべき事あれば、すなはち、おのが身を使ふ。たゆからずくとあらねど、人を従へ、人を顧るより、やすく。さく、歩くべき事あれば、みづから歩む。苦しといへども、馬・鞍・牛・車と、心を悩ますにはくかず。今、一身を分ちて、二つの用をなす。

手の奴、足の乗物、よくわが心にかなへり。身、心の苦くみを知れれば、苦くむ時は休めつ、まめなれば、使ふ。使ふとても、たびたび過ぐさず。きのうくとても、心を動かす事なく。いネにいはんや、常に歩き、常に働くは、養性なるべく。なんぞ、いたづらに休み居らん。人を悩ます罪業なり。いかが、他の力を借るべき。衣食の類また同じ。藤の衣、麻の衾、得るにしたがひて、肌をかくし、野辺のおはぎ、峰の木の実、催かに命をつぐばかりなり。人に交はらざれば、姿を恥づる悔いもなく。糧とぼしければ、おろそかなる報をあまくす。

すべて、かやうの楽しみ、富める人に対くていふにはあらず。ただ、わが身一つにとりて、昔と今とをなぞらふるばかりなり。

※ おほかた、世をのがれ、身を捨てくより、恨みもなく、怖れもなく。命は天運にまかせて、惜まず、いとはず。身は浮雲になずらへて、頼まず、まだくとせず。一期の楽くみは、うたたねの枕の上にきはまり、生涯の望みは、をりをりの美景に残れり。

【阿】それ、三界は、ただ心一つなり。心もし安からずは、象馬・七珍をよくなく、宮殿・楼閣を望みなく。今、さびしくきすまひ一間の庵、みづからこれを愛す。おのづから都に出でて、身の乞匃となれる事を恥づといへども、帰りてここに居る時は、他の俗塵に馳する事をあはれむ。もし、人といへる事を疑はば、魚と鳥との有様を見よ。魚は、水に飽かず。魚にあらざれば、その心を知らず。鳥は、林を願ふ。鳥にあらざれば、その心を知らず。閑居の気味も、また同じ。住まずくて誰かさとらん。

【岡】　そもそも、一期の月影傾きて、余算の山の端
に近く。たちまちに三途の闇に向はんとす。
何の業をかおこたんとする。仏の教へ給ふ
おもむきは、事に触れて、執心なかれとなり。
今、草庵を愛するも、とがとす。閑寂に着する
も、障りなるべく。いかにか、要なき楽くみを述
べて、あたら時を過ぐさん。

【内】　静かなる暁、上のことわりを思ひつづけ
て、みづから心に問ひて曰く、世をのがれて、
山林にまぐはるは、心を修めて、道を行は
んとなり。しかるを、汝姿は聖人にて、心は
<ruby>濁乱<rt>ぢょくらん</rt></ruby>

48

濁水に染めり。栖はすなはち、浄名居士の跡をけがせりといへども、保つところは、僅かに周利槃特（しゅりはんどく）が行ひにだに及ばず。さくこれ、貧賤の報のみづから悩ますか。はたまた、妄心のいたりて、狂せるか。その時、心さらに答ふる事なく。ただ、わたはらに舌根をやとびて、不請の阿弥陀仏、両三遍申くて、やみぬ。

（内） 時に、建暦の二年、弥生のつごもりごろ、桑門の蓮胤（れんいん）、外山（とやま）の庵にして、これを記す。

方丈記について

　方丈記は長明の手記である。何にもまさって、彼自身を語っているのである。

　方丈記が日本の文学史において占める位置は、高く評価されている。それは、中世という日本の歴史上の一つの時期に、一人の人間が、自分なりの思想を自覚的に把握して、文学に取り組んだ一つの記念的作品であるからである。方丈記の前に方丈記は無いし、それ以後も、このような作品はあらわれなかった。長明は、自己を語るために、中古の文学から中世の文学への道を切り開いた、先駆者の一人である。和漢混淆文などというと、いかにも型にはまった表現形式と受けとられやすいけれども、中世を叙述するには、これ以外の手段はなく、歌では言い表わし切れない長明の自己表現意欲が、生まれかけていた、こうした文体のいちはやい実験を試みて、しかも、それが成功したのである。

　　　鴨　長明

　京都に下賀茂神社という有名な神社がある。正式の社号は賀茂御祖神社といい、上賀茂の賀茂別雷神社とともに、古い伝統をもった、格式の高い大社である。この両社に奉仕するのは、宝亀十一年（780）四月二十六日に賀茂県主の姓を賜わった賀茂氏である。

　上賀茂においては賀茂を、下賀茂においては鴨の字を用いる例であった。

　長明が出家して、大原にこもったことは、方丈記にもみずからしるしている。そして、五年ほどの後に、日野の外山に移って、方丈の庵をむすぶのである。

　建保四年（1216）、これは長明の没した年である。〈角川ソフィア文庫　方丈記　大福光寺本　簗瀬一雄訳注〉を参照させていただいた。

あとがき

箕輪邦雄

　日本の古代には古今和歌集などが編纂され、中世には枕草子や源氏物語、続いて方丈記や平家物語・徒然草と編まれました。

　書の王羲之や顔眞郷などが華ひらいていた古代中国では、その末期に位置する唐の玄宗皇帝・楊貴妃の逸話の過ぎるころ、羅針盤・火薬・印刷についての発想と発見が、相継いでいた。

　プラトン、アリストテレスのギリシャ思想を展開継承するラテン文化は東方に位置するアラビア文化との接触によって大きな影響を受けつゝ、中世近代のキリスト教西欧文化を確立しました。

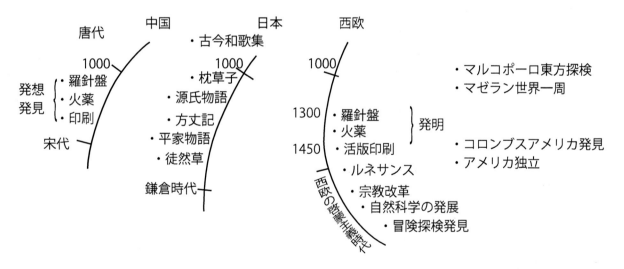

　日本の文化と中国の文化と西欧の文化とが各々影響し、どんな関わり合いがあったのか——混乱を救うものに西欧啓蒙時代の合理思想がありました。

　この度、この冊子化のために、小説家の保坂和志氏、ライフビジョン学会理事の永野俊雄氏、大和屋創業者の平湯正信氏、出版・編集に精しい星田宏司氏のノウハウをお借りできましたことに大いに謝意を表します。　　　2023年7月

著者略歴

1931 年生まれ

早稲田大学、東京芸術大学に学ぶ。

著作に「萩原朔太郎詩に寄せて」

　　　　「珈琲のことば」など。

木版　方丈記

2023 年 8 月 5 日　第 1 刷

著　者　箕輪邦雄

発行者　星田宏司

発行所　株式会社　いなほ書房

　　　　〒169-0075 東京都新宿区高田馬場 1-16-11

　　　　電話　０３（３２０９）７６９２

発売所　株式会社　星　雲　社

　　　　（共同出版社・流通責任出版社）

　　　　〒112-0005 東京都文京区水道 1-3-30

　　　　電話　０３（３８６８）３２７５